D1315010

MARC BROWN

EL CUMPLEAÑOS
DE ARTURO

PARA: Arturo
DE: Francisca

Traducido por Esther Sarfatti

LECTORUM
PUBLICATIONS, INC.
555 BROADWAY, NEW YORK, NY 10012-3919

PARA ALEX, SUNNY Y KATE,
LOS MEJORES VECINOS

1-880507-78-1

Printed in Mexico   49

10 9 8 7 6 5 4 3 2 1

Library of Congress Cataloging-in-Publication Data
Brown, Marc Tolon
    [Arthur's birthday. Spanish]
    El cumpleaños de Arturo / Marc Brown ; traducido por Esther Sarfatti.
       p. cm.
    Summary: Their friends must decide which party to attend when Francine
schedules her birthday party for the same day as Arthur's birthday party.
    ISBN 1-880507-78-1 (pbk.)
    [1. Parties-Fiction. 2. Birthdays-Fiction. 3. Friendship-Fiction
4. Animals-Fiction 5. Spanish language materials.] I. Sarfatti, Esther. II. Title.
    [PZ73.B68433 2000]
    [E]—dc21
                                                                99-462182

–¡Ya falta poco! ¡Qué ilusión! –dijo Arturo–.
¿Seguro que hoy es sólo martes?
–Compruébalo tú mismo –dijo mamá.

–¡Sólo faltan cuatro días para mi cumpleaños!
–dijo Arturo–. Espero que todos puedan venir
a mi fiesta.
–¿De qué quieres que haga el pastel?
–le preguntó la abuela Thora.

–¡De chocolate! –dijo Arturo.
–Pórtate bien en la escuela –le dijo mamá con una sonrisa.
–Y que no se te olvide repartir las invitaciones –dijo D.W.

–Berto, ¿puedes venir a mi fiesta? –preguntó Arturo.
–¡Por supuesto! –contestó Berto–. ¡No me la perdería por
nada del mundo!
–Mi abuela va a hacer un pastel de chocolate –dijo Artur
–Cuenta conmigo –se apuntó Cerebro–. Me encanta
el chocolate.

–¿Y yo, qué? –preguntó Betico Vega.
–Estás invitado –dijo Arturo–, y Francisca también.
–¡Qué bien! –dijo Francisca–. ¿Podemos jugar
a la botella?

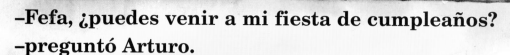

–Fefa, ¿puedes venir a mi fiesta de cumpleaños?
–preguntó Arturo.
–Por supuesto –contestó Fefa–. ¿Cuándo es?
–El sábado por la tarde –dijo Arturo–.
¡Ya falta poco!

–¿*Este* sábado por la tarde? ¡Pero es el mismo día de *mi* fiesta! –dijo Fefa.

–¡Oh, no! –dijo Arturo–. No puede ser. ¿La puedes cambiar para otro día?

–¿Lo dices en serio? –preguntó Fefa–. Hace meses que contratamos al conjunto de música rock y al payaso Pepinillo.

–Yo tampoco puedo cambiar la mía –dijo Arturo–. Viene toda mi familia de Ohio.

Nadie sabía qué hacer.
¿Irían a la fiesta de Arturo?

¿O a la de Fefa?

El miércoles, antes de clase, los chicos se reunieron.

–Yo creo que debemos mantenernos unidos –dijo Berto.

–¡Yo también! –señaló Betico.

–¡De acuerdo! –dijo Cerebro–. Todos iremos a la fiesta de Arturo.

–¿Y qué va a pasar con las chicas?

–preguntó Arturo.

–¿Quién necesita a las chicas? –dijo Berto.

Las chicas se reunieron en el parque a la hora
del almuerzo.

–La que no vaya a mi fiesta no es mi amiga –dijo Fefa.

–Pero no será igual de divertida sin los chicos
–explicó Francisca.

–¿Eres mi amiga o no? –preguntó Fefa.

El jueves, después de clase, Arturo y su mamá
eligieron los adornos para la fiesta.
Esa misma tarde, llegó un paquete grandísimo
para Arturo.
–¡Vaya! Pesa una tonelada –dijo D.W.

Arturo recibió tres tarjetas de felicitación.
Una era de tío Paco y, al abrirla,
tres billetes de un dólar cayeron al piso.
–¡Qué suerte tienen algunos! –dijo D.W.

El viernes, cuando Arturo volvía de la escuela,
vio a Francisca y corrió a alcanzarla.

–¡Ojalá pudieras venir a mi fiesta! –dijo Arturo.

–Le prometí a Fefa que iría a la suya
–dijo Francisca–.

Me gustaría poder ir a las dos. Una fiesta sin chicos
es muy aburrida.

–Un momento –dijo Arturo–.
Tengo una idea.
Y se la contó a su amiga.

–Es fantástica –dijo Francisca–. Te ayudaré.

Subieron a la casita que Arturo tenía en el árbol.
Arturo buscó lápices, papel y sobres.
–Déjame escribirlas a mí –dijo Francisca–.
La letra tiene que parecerse a la de Fefa.
–De acuerdo –dijo Arturo–, pero no te olvides
de hacer una para cada chica.

Esa noche, Arturo les contó a sus papás su idea. A la mañana siguiente, Arturo y Francisca entregaron las cartas: una a Prunela, una a Susana y una a Filomena.

La última carta que entregaron era la más importante.

–Ya está –dijo Arturo.

–¡Hasta luego! –se despidió Francisca.

Querida Fefa,
Tengo un regalo especial para ti. Es tan grande que no puedo llevarlo yo solo. Por favor, ven a buscarlo a mi casa hoy al mediodía.
Firmado,
Arturo

RESIDENCIA

CABLES CRUZADOS
66 PASEO NOUVEAU RICHE

–¡Huele a panqueques! –dijo Arturo al entrar en casa.
–Tu comida favorita –respondió papá.
–Con jarabe de arce de Ohio –dijo tía Bunilda.
–¡Feliz cumpleaños! –exclamó el primo Jorgito.

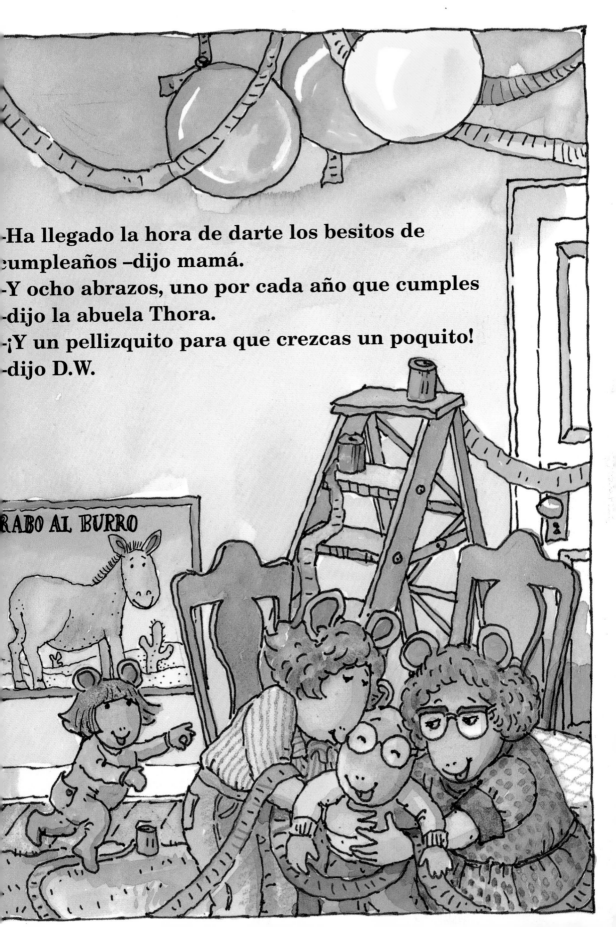

–Ha llegado la hora de darte los besitos de
cumpleaños –dijo mamá.
–Y ocho abrazos, uno por cada año que cumples
–dijo la abuela Thora.
–¡Y un pellizquito para que crezcas un poquito!
–dijo D.W.

RABO AL BURRO

Arturo se acercó a la ventana. Era casi mediodía.
–¡Alguien viene! –gritó.
Era Susana.

–¿Qué haces aquí? –preguntó Susana.

–Y tú, ¿qué haces aquí? –preguntó Berto.

–Es una sorpresa para Fefa –dijo Francisca,
que venía detrás.

–¡Es una sorpresa para todos! –exclamó Cerebro.

–¡Todo el mundo a esconderse! –señaló Arturo a
sus amigos–. Fefa estará a punto de llegar.

–Silencio –susurró Berto–. ¡Ya está aquí!
Arturo abrió la puerta.
–Hola, Arturo. Vine a buscar mi regalo –dijo Fefa

–¡Sorpresa! –gritaron todos a la vez.

–¡Feliz cumpleaños, Fefa! –dijo Arturo.

–Como ves, tu regalo era demasiado grande para llevártelo.

–Ahora vienen tus invitados –explicó Francisca.

–Después de todo –continuó Arturo–, ¿para qué sirve una fiesta si no puedes estar con todos tus amigos?

–Éste es el mejor cumpleaños que he tenido
–dijo Fefa–. Debemos hacerlo así todos los años.
–Sí, pero el año que viene en tu casa –dijo la mamá
de Arturo.

–Es hora de abrir los regalos –dijo Francisca–.
Esto lo elegí especialmente para ti.
Pero tienes que prometerme que lo usarás enseguida.
–De acuerdo –afirmó Arturo, lleno de curiosidad.